LA VAGUE

PAR

L. CURMER

Se vend au profit de la reconstruction de l'église
de Saint-Aubin-sur-Mer

PARIS

LIBRAIRIE FRANÇAISE

E. MAILLET, LIBRAIRE-ÉDITEUR

15, RUE TRONCHET (PRÈS DE LA MADELEINE)

1865

LA VAGUE

LA VAGUE

PAR

L. CURMER

PARIS

LIBRAIRIE FRANÇAISE

E. MAILLET, LIBRAIRE-ÉDITEUR

15, RUE TRONCHET (PRÈS DE LA MADELEINE)

—

1865

LA VAGUE

I

Voyez à l'horizon ce point blanc qui moutonne :
C'est la vague écumante, en coursier vagabond ;
Si le regard la suit, son mouvement étonne :
Dans l'immense Océan son élan furibond
S'enfonce, reparaît, doucement se balance,
Se confond et se perd dans les mille replis
Du tapis ondulant que le vent en cadence
Soulève incessamment ; mais, bientôt assouplis,

La houle les domine, et, roulant avec grâce,
De sillon en sillon les conduit dans l'espace.

Le flot succède au flot sous l'empire du vent,
Tableau toujours le même et toujours différent.
Mais voici que s'élève une volute énorme
Qui court, arrondissant ses bonds capricieux ;
Sa frange en frémissant s'allonge et se transforme,
Et ses clapotements follement gracieux
Se heurtent bruyamment pour se fondre en écume :
Paroxysme final de fièvre et de fureur
Qui s'en va déroulant, sous le poids de la brume,
L'austère majesté de sa bouillante ardeur,
Paisible désormais et glissant sur la plage
En nappe de cristal que borde élégamment
Un blanc contour d'écume amoureux du rivage,
Par les vents sans pitié déchiré constamment.

De cet éclat pompeux, de ce bruit grandiose
Dont l'agitation jamais ne se repose,
Spectacle éblouissant dans sa sublimité,
Voilà ce qui survit : quelques flocons de mousse
Que la mer a produits et que le sol repousse,
Perdus dans le néant et pour l'éternité !

Tout dans notre univers, sous des formes diverses,
Semble s'évanouir en gardant ses secrets ;

La vague, c'est la vie et ses mille traverses,
es agitations, ses causes, ses effets.

Un flot naît, et pour lui l'émotion commence ;
Le tumulte l'entoure ; au fond de l'Océan
Englouti sous l'effort de vagues en démence,
Le jour qu'il voit briller le ramène au néant ;
Mais il est indomptable ; il monte à la surface,
Il grandit, il s'étend, dominant ses rivaux ;
L'obstacle autour de lui disparaît et s'efface,
Il est le conquérant dans l'empire des eaux !
Comme un triomphateur d'allure solennelle,
Son orgueil est sans borne et sa gloire éternelle !
Mais le rivage attend ce vainqueur d'un moment.
Hélas ! qu'en reste-t-il?... quelques lambeaux d'écume,
Éphémères témoins de sa gloire posthume,
A peine un souvenir de tout ce mouvement.

Ainsi l'homme paraît, s'agite, se tourmente,
Aime ou combat sans cesse, ou rit ou se lamente ;
Triomphant dans la joie ou vaincu dans les pleurs,
Il succombe accablé du poids de ses malheurs.

Il

Vraiment la poésie est une belle chose!
Elle charme l'oreille, elle séduit l'esprit,
Fausse le jugement et sait mettre en crédit
Le paradoxe heureux dont le penseur dispose.

Tout sur terre a sa loi, sa raison d'exister;
Rien ne paraît en vain dans ce monde où nous sommes.
Les atomes sans force aussi bien que les hommes
Sont créés pour servir, et non pour végéter.
De l'univers entier Dieu régla l'équilibre;
L'atome est un esclave, et l'homme est vraiment libre;
L'atome suit sa loi qu'il voudrait fuir en vain,
L'homme est seul investi d'un pouvoir souverain.
Du malheur les mortels sont trop souvent victimes,
Le désespoir s'asseoit au chevet de leur lit;
Mais, libres de choisir les vertus ou les crimes,
Si le péché leur plaît, la grâce leur sourit.

La vague ainsi que l'homme accomplit sa carrière,
Chacun d'eux a son but et son utilité;
D'insensibles flocons d'une mousse légère,
Cachent leur mission sous leur fragilité.

De la vague envolée, impalpable substance !
On recueille avec soin les éléments salins,
Promptement transformés en prismes cristallins ;
Du pauvre paludier ils forment l'espérance.
Quand le fisc a passé sur ce mince produit,
Pour prélever l'impôt dont quelque loi fatale
Fait peser sur le sel la volonté brutale,
Le commerce empressé le prend et le conduit
Aux champs, que son principe anime et vivifie,
Et l'épi, tendre objet des soins du laboureur,
Se gonfle chaque jour, croît et se fortifie,
Au grand ravissement du futur moissonneur.
Les doux raffinements de notre ménagère
Reçoivent de ses sucs une force étrangère.
Au pain, présent de Dieu, le sel donne le goût,
Conserve pour janvier les largesses d'août,
Et, prodiguant toujours, sans compter, sa richesse,
Son aide bienfaisant, sa puissante saveur,
Relève de nos mets l'insipide faiblesse
Et sur notre santé veille comme un sauveur.

Qui dira ses bienfaits, les multiples usages
Auxquels l'homme attentif applique son secours ?
L'industrie et les arts en sont les témoignages.
Son domaine est immense et s'agrandit toujours.
Par sa force le sel élargit l'existence ;
A la colère humaine il ajoute des traits ;
Aliment de la guerre, élément de la paix,

Il trouve l'ennemi sans compter la distance,
Jette par ses éclats le trouble dans les cœurs,
Et lorsque des héros on couronne la tête
C'est lui qui vient encore annoncer cette fête,
Et porter jusqu'au ciel la gloire des vainqueurs.

La vague, en poursuivant son ardente carrière,
Entraîne le navire agité par le vent.
Où va-t-il ? Il s'enfuit vers un autre hémisphère,
Et loin de son pays, qu'il regrette souvent,
Il emporte joyeux les splendides richesses
Que le sol paternel confie à son espoir,
Ou bien, audacieux aux sublimes prouesses,
Soit qu'il porte COLOMB en son ferme vouloir,
Soit qu'aux vœux de GAMA le pilote obéisse,
Il vole à d'autres bords, affrontant le caprice
Des autans, la tempête et le sort incertain.
Mais Dieu veille sur lui, mais sa puissante main
De la mer en courroux sait calmer les orages,
Et conduit le navire à de nouveaux rivages ;
Le Christ est arboré sur sa proue, et la Croix
Au sauvage apparaît pour la première fois.
Gloire au Dieu paternel dont la toute-puissance
Fait servir au progrès l'élément en démence,
La molécule inerte et le souffle des vents,
De ses divins décrets invisibles agents.

Quand l'Église au baptême admet le néophyte,

Elle verse sur lui ses augustes pardons ;
La douceur de ses eaux à la bonté l'invite
En l'appelant au Ciel, qui lui garde ses dons ;
La lèvre du Fidèle, au sel de la sagesse (1)
Saintement épurée en ce radieux jour,
Éprouve du Sauveur l'ineffable tendresse,
Qui promet à sa foi le glorieux séjour.
Le Seigneur, en voulant instruire ses apôtres,
Leur dictait sa parole et ses commandements.
Il disait : « Aimez-vous toujours les uns les autres. »
Il ajoutait encor d'autres enseignements :
« Vraiment, vous êtes bien le sel de cette terre,
En vous la vérité partout se montrera,
Gardez avec ferveur son pouvoir salutaire.
S'il s'évapore un jour, qui le remplacera ? » (2)

De notre Rédempteur la divine parole
A consacré du sel la force et la vertu.
Le sel à son départ ne vaut pas une obole,
Dieu seul sait le pouvoir dont il est revêtu !

Tout ne s'éteint donc pas dans cette nuit profonde
Qui de son voile épais semble obscurcir le monde !

(1 *Accipe sal sapientiæ, ut sit tibi propitius Dominus in vitam æternam.*
(Rituel romain. *Cérémonies du Baptême.*)

(2) *Vos estis sal terræ ; quod si sal evanuerit, in quo salietur ?* (Saint
Matthieu, chap. iv.)

Et l'homme meurt-il donc toujours désespéré,
Rivé, comme un maudit et fatal phénomène,
A ce monde incréé que seul le hasard mène?
Pour courir au néant serait-il engendré?

L'homme naît ici-bas, créé par Dieu lui-même,
Doté par sa bonté d'organes merveilleux,
Serviteurs attentifs à ses plus simples vœux :
D'une loi rigoureuse insoluble problème !
Mais, si l'homme est pétri d'un limon corrupteur,
Dieu voulut le combler des dons de la pensée,
En pleine liberté le laissa de l'erreur
Écouter à son gré la parole insensée,
Lui permit de choisir ou le bien ou le mal,
Anima du pouvoir de sa toute-puissance
Les trésors précieux de son intelligence,
Le laissant rechercher le sens du but final.
Il envoya son Fils pour porter la lumière
A cette humanité si hautaine et si fière
Que l'orgueil égarait; et pour la ramener
Vers le Dieu créateur qui lui donna la vie,
Ce Fils au pur amour doucement la convie,
En lui montrant le Ciel qui la doit couronner.

Saint-Aubin-sur-Mer, juillet 1865.

1765 — Paris, imprimerie JOUAUST, rue Saint-Honoré, 338.